El blanco

Sarah N. Harvey

Traducido por
Queta Fernandez

orca soundings

ORCA BOOK PUBLISHERS

Library and Archives Canada Cataloguing in Publication

Harvey, Sarah N., 1950-
[Bull's eye. Spanish]
El blanco / written by Sarah N. Harvey.

(Orca soundings)
Translation of: Bull's eye.

ISBN 978-1-55469-317-7

I. Title. II. Title: Bull's eye. Spanish. III. Series: Orca soundings
PS8615.A764B8418 2010   jC813'.6   C2010-901814-1

First published in the United States, 2010
Library of Congress Control Number: 2010924225

Summary: After the death of her aunt, Emily finds that her life has been a lie and
she has to search for the truth about where she came from and who she is.

Mixed Sources

Cert no. SW-COC-001271
© 1996 FSC

FSC

*Orca Book Publishers is dedicated to preserving the environment and has printed this
book on paper certified by the Forest Stewardship Council.*

Orca Book Publishers gratefully acknowledges the support for its
publishing programs provided by the following agencies: the Government
of Canada through the Canada Book Fund and the Canada Council for the Arts,
and the Province of British Columbia through the BC Arts Council
and the Book Publishing Tax Credit.

Cover design by Teresa Bubela
Cover photography by Maxx Images

ORCA BOOK PUBLISHERS
PO Box 5626, Stn. B
Victoria, BC Canada
v8R 6s4

ORCA BOOK PUBLISHERS
PO Box 468
Custer, WA USA
98240-0468

www.orcabook.com
Printed and bound in Canada.

13 12 11 10 • 4 3 2 1

10-1028

A Brian
Hermano, amigo, entusiasta

Capítulo uno

Estoy sola en casa en el momento en que el hombre de UPS trae el paquete que hace saltar mi vida en pedazos. No, no es una carta-bomba enviada por un cliente insatisfecho de mi madre; pero bien podría serlo. Una granada de mano activada hubiera hecho menos daño que el contenido de la caja de cartón dirigida a mi madre, la Sra. Sandra Bell. Estoy sola en casa porque tengo infección en la garganta. Mi madre se ha tomado un descanso de trabajar como una esclava en los impuestos de la gente, para ir a Ben & Jerry's a comprarme un helado *Jamaican Me Crazy* para aliviar mi garganta.

Mi madre ha estado actuando de forma extraña desde que murió Donna, su hermana menor. Llora todo el tiempo y da largas caminatas sola por la playa. No puedo hacer que juegue *Scrabble*, su juego favorito. La tía Donna era el único familiar que le quedaba. Casi se ahoga cuando el promotor de Donna la llamó desde Toronto para decirle que había muerto. Por sus propias manos, como suelen decir. Se tomó un frasco de Valium ayudado por una botella entera de Johnnie Walker. Una combinación altamente efectiva. Obviamente, no fue con la intención de pedir ayuda, algo que ya había sucedido muchas veces. Mi madre volaba a Toronto constantemente para sacar a Donna de apuros por un motivo u otro. Acaba de regresar de su último viaje. Trajo las cenizas de Donna en un paquete. Aparentemente, el plan consiste en dispersarlas en la bahía English. Será un espectáculo digno de ver.

Yo no conocí realmente a la tía Donna. Una vez vino a Victoria a visitarnos cuando yo tenía cerca de seis años. Nunca fui a Toronto con mi madre. No tengo la menor idea de cómo era mi tía, aparte de estar medio chiflada, digo. Me parece que su muerte ha sido lo mejor que ha ejecutado en su vida.

Estaba tan aburrida esperando el regreso de mi madre que consideré abrir el paquete. Podía haber mirado el contenido por una esquinita y volverlo a cerrar antes de que ella regresara. Al final, por la pereza, no me levanté a buscar el abrecartas. Además, soy la hija de mi madre: cuidadosa, trabajadora, organizada y consciente. Cuando finalmente regresa de la tienda, estoy sentada en la mesa de la cocina con la vista fija en la nada y mordiéndome las uñas.

— ¿Te sientes mejor, cariño? —me pregunta—. ¿Quieres comerte el helado ahora? —dice tocándome la frente con el dorso de la mano—. Te ha bajado la temperatura. Qué bueno —sonríe.

—Llegó un paquete para ti. Está en la sala —le digo.

—¿Un paquete?

—Sí. Un paquete, una caja. Parece que a alguien se le olvidó hacer los impuestos como por diez años.

Generalmente mi madre se ríe de mis malos chistes sobre contabilidad. No lo hace esta vez. Pone el helado en la cocina y se dirige a la sala sin decir media palabra. Regresa a la cocina con la caja y le tiemblan las manos. La pone delante de mí y se aleja unos pasos. Puede que sea realmente una bomba.

—Ábrela, Emily —dice—. Es para ti.

La voz también le tiembla, y sus mejillas, usualmente rosadas, no tienen color. Sobre los labios comienzan a formársele gotas de sudor. Esto debe de ser algo diferente, porque cuando ella tiene rachas de calor, la cara se le pone roja.

—Pero ha venido a tu nombre —le digo.

—Lo sé —me responde—, pero es para ti. De Donna. En la carta…

Se seca las lágrimas y continúa.

—En la carta que Donna dejó —antes de suicidarse— dijo que esto era para ti.

Lo puso a mi nombre para que no lo abrieras sin mí.

—Está bien —digo. Me parece raro, pero llamemos a las cosas por su nombre: mi tía Donna era algo fuera de lo común—. ¿Me puedes dar un abrecartas y un poco de helado antes de que se derrita? El dolor de garganta me está matando.

Mi madre me da el abrecartas del cajón de la cocina. Mientras me sirve el helado en el bol azul, mi preferido, corto la cinta adhesiva de la caja. No tengo idea de lo que me voy a encontrar. Ropa antigua, zapatos de estilo, joyas estrambóticas. Nada de eso. Lo primero que veo es un álbum de graduación de la escuela a la que asistieron Donna y mi madre en Vancouver. Lo pongo a un lado y busco en el fondo. Debajo encuentro tres sobres grandes. El primero tiene el nombre de mi madre escrito con una pluma de fieltro verde. El segundo tiene una hermosa K escrita en caligrafía, y el tercero dice *Emily*. ¿Emily? Qué raro. El corazón me comienza a latir de prisa. A lo mejor la tía Donna me ha dejado una buena cantidad de dinero. Rompo el sello del sobre con mi nombre y dejo caer el contenido en la mesa. No es dinero. Son cartas. Muchas cartas.

Abro el sobre que dice *Sandra*. Más cartas. Se las doy a mi madre, pero niega con la cabeza, mientras dice: "Son para ti". En el sobre con la letra *K* hay más cartas. En el fondo encuentro una mantita rosada tejida a crochet. La saco del sobre, la coloco en el respaldar de la silla y escucho la respiración de mi madre, pero no digo nada.

Tomo una carta del sobre que dice *Emily* y comienzo a leer. Es una postal de cumpleaños. *¡Ya tienes dos añitos!* Hay otras dieciséis tarjetas, todas de la tía Donna, que me dicen lo maravillosa que soy y cuánto me echa de menos. Me pregunto por qué nunca las envió, pero pienso en cómo era ella. Cartas sin enviar, llamadas sin contestar, cerebro sin usar. Las cartas del sobre *Sandra*, son cartas de mi madre a Donna que dicen lo maravillosa que soy y lo dichosa que se siente de tenerme. Las cartas del sobre K le dicen a Donna lo maravillosa que *ella* es y la gran dicha de él (o ella) de tenerla. Un mundo repleto de maravillas. Me siento mareada. Nunca me imaginé que mi tía Donna recordara el día de mi cumpleaños. Mi madre jamás mencionó que ella le mandara a su hermana reportes semanales de la increíble y adorable criatura que yo era. ¿Y quién demonios es K?

Volteo la caja para asegurarme de que no se me escapa nada. Una foto sale volando y se posa boca abajo en la alfombra. La parte de atrás está fechada *Febrero 15, 1989*. Tres semanas antes de la fecha de mi nacimiento. La volteo. Mi madre y la tía Donna están frente al hotel Sylvia en West End, Vancouver. Lo reconozco de todas las veces que mi madre y yo nos hospedamos allí. En la fotografía, mi tía Donna está embarazada, muy embarazada. Mi madre no lo está. Miro a mi madre que llora en silencio con una mano sobre la boca. Llego al baño justo antes de vomitar el desayuno y el almuerzo, y antes de perder completamente la razón. Ya no quiero el helado.

Capítulo dos

Salgo finalmente del baño y mi madre, o quienquiera que sea, está sentada en la mesa de la cocina. Tiene la mantita rosada en el regazo y la vista fija en la foto. Puedo ver el helado todavía en el mueble de la cocina. De pronto quiero saborear algo dulce y frío. En silencio, me pongo cucharadas de helado en la boca, una tras otra. Cuando vacío el bol, saco el helado del congelador y continúo comiendo. Es más fácil que hablar, y pienso que es a ella a quien le corresponde decir algo. De ninguna manera voy a iniciar la conversación.

—Ella la tejió para ti, ¿sabes? —dice, mientras pasa la mano por la manta—. Era muy joven. Tenía tu edad. ¿Te imaginas?

Me río. Suena como el ladrido de una foca. Alto y áspero. En ese momento no puedo imaginarme nada. Todo lo que pienso es en alejarme de ella y de sus mentiras.

Cuando tenía nueve años me dijo que yo era el producto de un donante de semen. Hasta ese momento no me había preocupado mucho por no tener padre. En algún momento me había preguntado qué le podía haber pasado al mío, pero muchas de mis amigas no tenían ninguno. El de Vanessa se había muerto, el de Rory se había ido de la casa cuando él era un bebé y el de Jason estaba en la cárcel. Nada del otro mundo. Los mejores amigos de mi madre, Richard y Chris, siempre hacían las cosas que les correspondían a los hombres: jugaban conmigo al baloncesto, arreglaban mi bicicleta, me compraban pizza e iban a la escuela los días de Hijas y Papás. No sufría por no tener papá. Fue cuando cumplí los ocho años que comencé a bombardear a mi madre sin cesar para que me hablara del asunto. Se me metió en la cabeza que mi padre había sido un millonario que había muerto en un trágico accidente de globo. Cuando cumplí los nueve, me llevó a comer hamburguesas a mi lugar preferido, *Duck Soup*. Entonces me explicó sobre los bancos de semen y los donantes. Me dijo que ella deseaba intensamente tener un hijo y que como no tenía pareja, lo había planificado todo y que resultó ser una experiencia maravillosa. Dijo que mi padre era un estudiante de medicina muy inteligente y con una salud perfecta. También me dijo que cuando yo cumpliera dieciocho años, podía inscribirme en un tipo de organización que me ayudaría a encontrarlo, además de a otros medios hermanos que pudiera tener. Mi reacción fue: No gracias, ¡puaj! Por muchos años después de esa conversación, pensé que el sexo tenía que ver con vasos plásticos. Nunca hablé con ella sobre el asunto. Todavía me causa asco.

—¿Entonces, toda la historia del donante de semen no es más que una mentira? —digo—. ¿Y aquello dc que deseabas tanto un hijo pero que no tenías un compañero, y la planificación y la selección del mejor donante no es más que pura porquería?

—No — me responde lentamente—. No todo lo es. Yo no tenía un compañero y deseaba con toda el alma tener un hijo, pero no planifiqué que Donna saliera embarazada ni planifiqué tu adopción. Simplemente sucedió.

—Ya lo creo —digo, y algo de helado se me va para la nariz. Resulta refrescante, en un momento como ése—. ¿Entonces por qué inventaste la enfermiza historia del donante? ¿Por qué no me dijiste, por ejemplo, y para ser original, la verdad? He pasado diecisiete años escuchándote decir que "la verdad es siempre la mejor opción" y que "la confianza mutua es el secreto de una buena relación". ¿Crees de verdad en esa basura, mamá? ¿Debo llamarte… tía Sandra?

Mi madre levanta la vista de la fotografía y me mira con ira. Por un momento creo ver un brillo en sus ojos, pero en un instante se le llenan de lágrimas.

—No me llames así, Emily. Donna te trajo a este mundo, pero yo sigo siendo tu madre. Legalmente, emocionalmente…

—Pero no biológicamente —la interrumpo—. Te olvidaste de esa parte. ¿Y qué me dices de la otra parte? ¿Quién fue mi padre? ¿Vas a insistir aún en el cuento del donante de semen? Porque ya no lo creo.

—Emily. Sé que estás enojada y herida. Lo comprendo. Por favor, déjame explicarte.

La miro. Su pelo es un desastre, se ha comido el creyón de labios y el rímel de las pestañas le corre por la cara. Estoy segura de que yo también luzco horrible. Parte de mí quiere correr hacia ella, saltar sobre sus piernas y meter la cabeza en su pecho, como cuando era pequeña. La otra parte quiere salir corriendo por la puerta de atrás. Un diablillo dentro de mí quiere pincharla con un cuchillo. Nada serio. Sólo dejar correr un poquito de sangre, de manera amistosa.

Me conformo con sentarme en el mueble de la cocina y patear con los talones los gabinetes. Algo que ella odia. Mi madre se levanta, se sirve un vaso de agua y se vuelve a sentar, acomodando la manta en sus piernas. Toma de nuevo la foto y se le queda mirando.

—Donna nació cuando yo tenía once años. Fue un accidente, pero fue recibida con los brazos abiertos. Fue el precioso regalo de la menopausia de tu abuela. Cuando Donna tenía siete años, me fui a la universidad. Después de eso, la veía solamente una o dos veces al año, pero Nana, tu abuela, me tenía al tanto. Me decía lo bella que era, que era un amor que a los doce años ya tenía un noviecito, y de cómo usaba su máquina de coser rosada para hacer los últimos modelos. Cuando Donna cumplió quince, Nana dejó de elogiarla. Todo lo que me dijo era que Donna era muy voluble. Luego me enteré de que Donna estaba bebiendo y faltando a la escuela y que tenía demasiados novios, la mayoría mucho mayores que ella. A los diecisiete, en el último año en Northwood, me llamó. Por entonces, yo trabajaba en Calgary.

Me dijo que estaba embarazada, que su estado era muy avanzado para hacerse un aborto y que quería estar lejos de nuestra madre. Me dijo que había dejado la escuela y me preguntó si podía quedarse conmigo hasta que tuviera el bebé. Tenía pensado darlo en adopción.

Mi madre hace una pausa. Levanta el vaso y derrama el agua en el tapete al llevárselo a la boca.

—Nervios —dice casi hablándose a ella misma.

—¿Quién es mi padre? —pregunto—. De seguro no es un millonario. Lo más probable es que sea un tipo desagradable de East Vancouver con tatuajes, la cabeza rapada y una coleta, y sin algunos dientes —trato de alisarme el pelo con los dedos, que seguramente nunca ha estado peor.

—De eso te iba a hablar —dice—. No me presiones.

Hasta en medio de un huracán emocional como éste, mi madre es capaz de organizarse.

—Volé desde Calgary para buscar a Donna. Fue en esa ocasión que nos tomamos la foto. Caminamos a lo largo del mar y entonces le pregunté por el padre del bebé. No quiso decirme nada. No dijo nada en ese momento y jamás le oí decir una palabra después. Sólo dijo que él supo de su embarazo y que pagó por el aborto, pero que nunca se enteró de que ella no se lo había hecho, y ella no quiso que él lo supiera. No le pregunté por qué. Me imagino que tenía sus razones. Le dije que quería quedarme contigo y aceptó con la condición de que nunca te dijera que ella era tu madre. Creo que no quería que la odiaras. Es lo que me imagino.

—¿Y por qué me lo dices ahora?

—Lo pidió en la nota que dejó antes de suicidarse. Fue su último deseo: "Díselo a Emily". Y así lo he hecho —una pequeña sonrisa pasa por su cara—. Es curioso cómo no le importó en lo más mínimo que fuera a mí a quien odiaras.

Capítulo tres

Los siguientes tres días los paso encerrada en mi habitación leyendo todo lo que hay en la caja. Recuesto la fotografía a mi reloj despertador para referirme a ella mientras busco información entre todas las cartas y postales. Duermo con la mantita rosada sobre mis hombros y salgo de la habitación solamente cuando Sandra (me niego a seguirle diciendo mamá) no está en casa. Cuando escucho que se cierra la puerta trasera, desde la ventana de mi habitación la veo subir al carro o caminar hacia la playa. Sigue dando largas caminatas, lo que me resulta perfecto. Todas las noches sale a caminar justo después de cenar, y yo corro escaleras abajo para poner en la basura la comida que ha dejado preparada (y con mi nombre) para mí. Registro el refrigerador y devoro toda la comida basura que pueda ponerse en el microondas: *Mini-pizzas, Hot Pockets, Tater Tots*. Bebo mucha Pepsi. Jamás limpio la cocina.

De regreso en mi cuarto, trato de encontrarle sentido a todo lo que me ha enviado Donna. Las tarjetas de cumpleaños son esas tarjetas malas de Hallmark, todas iguales, con poemas estúpidos del tipo "Sopa de pollo para el alma". Nada dirigido personalmente a mí. Cuando cumplí los quince, escribió: "Dime, ¿qué piensas hacer con tu tierna y preciosa vida?". Qué raro. No creo que estuviera realmente esperando mi respuesta. Las cartas de Sandra a Donna están repletas de detalles extraños de mi vida. Hay cosas que ya he olvidado, como la vez que me perdí en una tienda por departamentos cuando tenía dos años. Aparentemente yo tenía obsesión con los niños, porque me encontró mientras salía de la tienda detrás de una señora con un coche y un bebé. Algunas de las cosas las recuerdo bien, como cuando gané el concurso de la mejor composición en la clase de inglés, en séptimo grado. Otras, realmente no las quiero ni saber, como el color de mi caca cuando era bebita o lo mucho que lloraba cuando me estaban saliendo los dientes.

El libro de graduación me revela otras cosas: Donna era parte del grupo de teatro, no le gustaban los deportes, era bastante atractiva (para una chica de los años 80) y le gustaban las fiestas. Me encuentro una foto de ella vestida como Dorothy en *El Mago de Oz*. Tiene dos coletas y los pechos le sobresalen del escote del vestido a cuadros. Lleva un perrito negro en los brazos, se ríe con la boca completamente abierta y casi se le pueden ver las amígdalas. A lo mejor estaba cantando. En otra foto, que parece una audición, los ojos le brillan y le sonríe a un hombre mayor que ella, que reconozco como el profesor de teatro, Michael no se qué. Además, veo su foto de graduación con una breve biografía y la nota que dice: "¡Donna sueña con trabajar en Broadway!". Me busco en su cara, pero no veo otra cosa que su enorme melena y los ojos muy maquillados.

No encuentro nada y leo de nuevo las cartas de K. No son muchas y están llenas de clichés: almas gemelas, rosas rojas, me rindo a tu amor, amor prohibido. ¡Puaj! Si este tipo K es realmente mi padre, espero que sus destrezas como escritor hayan mejorado. ¿Y cuál es el asunto del amor prohibido? ¿Sería K una mujer y Donna una lesbiana? Eso no tiene sentido. Pongo las cartas en el suelo y me dejo caer en la cama con la vista fija en el techo. Estoy furiosísima y verdaderamente confundida. Hasta ahora, todo lo que sé es que mi madre es mi tía, mi tía es mi madre y nadie sabe quién es mi padre. No puedo hacer nada sobre las dos primeras cosas, pero es hora de que al fin haga algo sobre la tercera.

Ya estoy harta de esta habitación, de esta casa y de mi vida.

A la mañana siguiente, me levanto, me ducho y bajo a desayunar. La no-madre está sentada en la mesa de la cocina tomando café y leyendo el periódico. Cuando entro en la cocina me mira y me sonríe. Tiene unas ojeras horribles y la cara roja. Desvío la vista y me sirvo un poco de cereal.

—Hola, cariño —me dice—. ¿Te sientes mejor?

No puedo creerlo. Actúa como si nada hubiera pasado, como si las cosas entre nosotras fueran a seguir igual que antes. Me sube una ira hasta la garganta a punto de traducirse en grito, pero tomo una cucharada de cereal y lo apago. En algún momento tendré que hablarle, así que más vale que salga de eso ahora mismo.

—Sí —digo entre dientes—. Creo que estoy bien.

—Qué bueno —titubea—. Deberíamos hablar…

—No —le digo—, no debemos. Ya hiciste lo que tenías que hacer, al igual que Donna. Ahora me toca a mí.

—¿Qué quieres decir con que ahora te toca a ti? ¿Qué vas a hacer?

—Nada —le respondo—. Sólo quisiera poder alejarme de aquí. Y de ti.

Mi intención es lastimarla y veo que lo he logrado. Abre la boca lentamente y parpadea. Respira despacio. Toma aire lentamente y lo deja salir con fuerza. Luego, asiente y dice:

—Entiendo.

Lo que no entiende es que el corazón se me quiere salir del pecho. Me corre el sudor por la espalda y tengo la boca seca como si la tuviera llena de motas de algodón.

—¿Qué tienes pensado hacer hoy? —pregunta, como si fuera un sábado cualquiera. ¿Por qué no se muestra disgustada? A lo mejor estoy haciéndole el juego a su plan: deshacerse de mí.

—Nada especial. Puede que más tarde vaya con Vanessa a las tiendas.

—Está bien —dice—. ¿Necesitas dinero?

—No.

—¿Quieres que las lleve en el carro?
—Oh, creo que realmente quiere que me vaya de aquí.

—No hace falta —digo.

—Okey —dice—. Voy a hacer algunos mandados. Déjame una nota si sales. ¿Está bien?

—Okey —le digo sin ganas. En cuanto sale por la puerta, le escribo una nota que dice que salgo para Vancouver, que me voy a hospedar en el YMCA y que no vaya a buscarme. Hago las maletas lo más rápido posible. Una hora después, estoy sentada en el asiento trasero de un taxi en camino a la estación de autobuses. Escucho a Lily Allen en mi iPod y trato de parar de temblar. No sé qué pasará en Vancouver, pero por fin estoy haciendo algo con mi tierna y preciosa vida.

Capítulo cuatro

El autobús está lleno, pero logro sentarme junto a la última ventanilla vacía, de espaldas al pasillo. Tengo la esperanza de que nadie se me siente al lado. Pero no tengo suerte: enseguida alguien ocupa el asiento junto a mí. Es una chica algo mayor que yo, que lleva un suéter de Tommy Hilfiger con manchas en los brazos y los bordes de las mangas deshilachados. Usa unos vaqueros sin marca, chancletas baratas y aretes de los que venden en las farmacias. Me sonríe como si fuéramos amigas de toda la vida y me dice algo que no puedo oír porque tengo puesto el iPod. Su sonrisa es amplia y de medio lado y tiene dientes muy blancos. Apago el iPod y ella se me encima para decirle adiós a una mujer y a un niño, los dos pelirrojos, que están parados junto al autobús. El niño llora y salta para alcanzar la ventanilla. Ella le lanza besos y me golpea con el codo.

—¿Es tu mamá? —me pregunta señalando hacia una señora de mediana edad que dice adiós con la mano desde un auto.

—No —le digo—. Mi madre está muerta.

La chica me mira desconcertada y vuelve a decirle adiós al niño mientras el autobús sale de la estación. Se acomoda en su asiento, cierra los ojos y exhala ruidosamente, como una morsa. Saco un libro de mi bolsa con la esperanza de que entre el libro y el iPod, se dé cuenta de que no estoy para conversaciones. La miro disimuladamente y veo que aún tiene los ojos cerrados, le corren lágrimas por las mejillas y está temblando. Trato de ignorarlo, pero después de unos minutos, le pongo la mano sobre el brazo.

—¿Estás bien? —es una pregunta estúpida, viéndola llorar de esa manera.

Me sorprende cuando dice que sí y pone su mano sobre la mía. En unos minutos deja de llorar, abre los ojos y sonríe.

—Gracias. Me hacía falta oír esas palabras. Ya estoy bien.

Asiento y clavo la vista en mi libro.

—Mi nombre es Tina —dice, ofreciéndome la mano.

—Emily —le digo sin darle la mano. No puedo creer que todavía no se dé cuenta de que no quiero hablar.

—Hola, Emily. ¿A dónde vas?

—A Vancouver, a ver a mi padre.

—Qué bien. Yo voy a Vancouver a estudiar en la escuela de enfermería. Más vale tarde que nunca, ¿no crees?

—Creo que sí —digo entre dientes y vuelvo a mirarla de reojo. Me pregunto qué edad tendrá y quiénes eran las dos personas pelirrojas. No se parecen nada a Tina, que tiene el pelo largo y castaño y los ojos color caramelo.

Como si estuviera leyendo mis pensamientos, dice:

—Cuando estaba en *high school*, lo hice todo mal. Muy mal. Bebía, y me la pasaba de fiesta en fiesta. Mis padres adoptivos me echaron de la casa. Entonces conocí a Janice, la señora que estaba en la estación, en el festival de música de Courtenay hace dos veranos. Me acogió en su casa, me ayudó a salir de los problemas e hizo que me graduara. De verdad que fue severa conmigo, pero de una buena manera. Cuidaba a Axel, su hijo, mientras ella trabajaba de noche en un bar. Ahora trabaja en una oficina y tiene un nuevo novio. Es hora de que yo comience a construir mi vida.

—¿Dónde están tus padres? —le pregunté.

—Creo que mi madre está en Port Hardy. A mi padre no lo veo hace muchos años. He estado en casas de acogida desde los tres años. Ya perdí la cuenta de cuántas, cinco o seis. Algunas buenas, otras no tan buenas y otras muy malas.

—¿Extrañas a tu mamá?

—Realmente, no. No llegué a conocerla y, mira, estoy bien.

Me hace un guiño y sonrío, sin saber si yo voy a estar bien.

—Mi tía fue quien me crió —digo sin pensarlo—. Siempre pensé que era mi madre. Resultó que mi madre es una loca que se ha quitado la vida.

—Eso es duro —dice Tina.

Entonces se me sale todo. Despotrico, maldigo, me lamento y lloro todo el camino hasta la terminal del ferry. Los otros pasajeros me miran mientras Tina me agarra la mano y me da Kleenex de su bolsa de nailon. Cuando entramos al ferry estoy agotada. Me ayuda a subir las escaleras hasta la cafetería y me trae té claro con mucha leche y azúcar, exactamente como a mí me gusta. Busca un pañito entre sus cosas, lo moja con agua fría y lo pone sobre mis ojos hinchados.

—Duérmete —me aconseja—. Cuando te despiertes te sentirás mejor.

Le doy mi iPod, cosa que no presto a nadie. Me lo agradece y sonríe.

—Duerme, hermanita. Yo cuido tus cosas.

Cuando me despierto, no la veo ni a ella ni al iPod. Pongo el paño en el respaldar del asiento de enfrente y maldigo lo suficientemente alto como para que una señora en la otra línea de asientos me diga: "Palabrotas no". Le enseño el dedo del medio. Cuando estoy a punto de buscar a un empleado del ferry para que busque a Tina, la veo salir del baño. Se me sienta al lado, me da el iPod y me dice:

—Gracias. Después de todo, lo que hice fue leer tu libro de poesía. Espero que no haya hecho mal.

Siento vergüenza y me siento estúpida. Le digo que no con la cabeza y articulo algo sobre lo mucho que amo la poesía, que me pusieron Emily por una poetisa y que me gustaría ser bibliotecaria. Cuando el ferry atraca, volvemos al autobús. Tina duerme y yo miro por la ventanilla todo el camino hasta Vancouver. Mi madre y yo vamos a Vancouver dos veces al año. Siempre tomamos el autobús porque a ella no le gusta conducir en "las grandes ciudades". Es por eso que cuando llegamos sé a dónde dirigirme para tomar el autobús local y llegar al YMCA. Tina parece estar totalmente perdida.

—¿Dónde te quedas? —le pregunto.

—Con mi primo —me dice—. Debe de estar esperándome aquí para llevarme a su casa. Me quedaré con él hasta que pueda encontrar un lugar cerca de la escuela.

No me gusta quedarme en la estación, pero no puedo dejarla sola ¿Y si el primo nunca llega? ¿Y si la tengo que llevar conmigo?

—Tom siempre llega tarde —dice—. Es un tipo muy ocupado, es agente de bienes raíces.

Cuando Tom llega en un todoterreno negro, estamos intercambiando números de teléfono.

—Dale, entra —le ladra a Tina sin molestarse en ayudarla con sus cosas.

En un instante, se van. Mientras se alejan, Tina saca medio cuerpo por la ventanilla con el teléfono celular en la mano y grita.

—¡Llámame!

Capítulo cinco

Cuando llego al YMCA, la señora de la recepción me dice que mi madre llamó y que pagó mi habitación con su tarjeta de crédito. Increíble. Está dispuesta a pagar con tal de que esté lo más lejos posible de ella. La habitación es pequeña pero está limpia. Siento un gran cansancio de pronto, me hago un ovillo en la cama y duermo por dos horas. Cuando despierto, voy a comer sushi en la calle Robson, regreso y sigo durmiendo.

No paro de pensar que mi no-madre me va a llamar, pero el teléfono no suena. Es muy posible que esté celebrando su libertad.

Al día siguiente camino junto al mar, entro en la galería de arte y como panquecitos y helado en Denman, las cosas que siempre hago con mi madre. No es tan divertido hacer todo eso sola y además cuesta bastante. Tengo suficiente dinero de mi trabajo de niñera, pero debo ser cuidadosa. Vancouver es un lugar caro. No me atrevo a entrar en las tiendas de ropa en Robson. Siempre que visitamos, mi madre (no puedo evitar llamarla así) me compra algo especial, un par de zapatos, un bolso o una falda. Esta vez no va a suceder.

A la mañana siguiente, después del desayuno, tomo el autobús hacia el antiguo colegio de Donna. Cuando llego, es la hora de cambiar de clase. Trato de confundirme entre la gente y camino de un lado a otro. Miro las fotos que aparecen colgadas en los pasillos y me doy cuenta de que todos los *high school* son iguales. Si no me sintiera tan estresada, buscaría las viejas fotos de Sandra en el club de debate, en el club de ajedrez o en el club de matemáticas (no sería una sorpresa). Usaba unas gafas grandes y una ropa feísima. Donna solamente aparece en el club de teatro, igual que en el libro de graduación. Nada de club de matemáticas. En las obras, *Show Boat* y *My Fair Lady* fue la actriz principal. Hasta hizo de María en *The Sound of Music*. No puedo encontrar a alguien llamado Ken o Kevin o Kurt o Keith en ninguna de las fotos. Voy a la dirección y busco la persona más vieja de la oficina. En todas las escuelas hay una. Alguien que ha trabajado allí desde siempre. Alguien que sabe dónde se esconden todos los esqueletos.

—¿En qué puedo ayudarla? —dice la señora de la recepción.

Me doy cuenta de que es muy joven para poder ayudarme. Tiene el pelo oxigenado y las uñas de acrílico.

—Estoy escribiendo una composición para, eh… la clase de inglés, sobre el club de teatro y necesito hablar con la señora…

perdón, digo, la persona que lleva los récords de la escuela.

—Ah, ¿te refieres a la señora Mitchell? —me dice—. No es precisamente la persona que lleva los récords de la escuela, pero lleva aquí muchísimos años.

—Sí, la señora Mitchell. Me han dicho que es la mejor.

Pienso que un poco de adulación no viene mal.

—No se equivocan —dice la señora con una sonrisa y me señala una mesa junto a la ventana—. Espera allí.

Unos minutos después, una mujer diminuta con una taza en la mano y una tetera en la otra se escurre detrás de la mesa. Parece una ratoncita. Tiene pelo color café, ropa color café, zapatos color café, ojos penetrantes color café y no para de mover la nariz.

—Ah, no me había dado cuenta de que tenía visita —dice. Tiene la voz chillona—. ¿Te apetece un poco de té? —me pregunta alzando la tetera.

—No, gracias. Sólo necesito información para un trabajo sobre el club de teatro.

Se sirve el té y pone sus dos manitas alrededor de la taza. Ahora que tengo toda su atención, no sé qué voy a preguntarle. Para ganar tiempo, saco el libro de graduación de mi bolso y lo pongo sobre la mesa.

—Estoy haciendo una investigación que va de 1988 a 1992 y me pregunto si usted me puede decir algo sobre los estudiantes del club de teatro —hago como que estoy buscando una foto—. Donna Bell, por ejemplo. Ella participó en muchas de las obras —las manos me sudan mientras paso las páginas. Siento dolor de estómago, igual que cuando estoy en el trampolín más alto de la piscina.

—Ah, sí, Donna. Un amor de niña. Con mucho talento y muy linda. Muy diferente a Sandra. Fue una desgracia lo que le ocurrió. Una verdadera pérdida.

No puedo adivinar si la mujer ratón se refiera a la muerte de Donna o a su embarazo. No sé por qué quiero salir en defensa de Sandra, decirle a esta señora, que en la vida no se trata de ser la más bonita o la más popular sino, por ejemplo, de tener buen juicio.

—¿Qué le pasó? —pregunto.

La señora Mitchell se me acerca por sobre la mesa y dice bajito:

—Quedó embarazada. Dejó la escuela. No volvió más.

Trato de mostrar asombro, como corresponde a la situación. Me imagino que lo logro, porque la señora Mitchell me da unas palmaditas en las manos y me dice:

—Sucede con mucha más frecuencia de lo que te imaginas, querida. Aunque estoy segura de que ya lo sabes y de que eres muy inteligente para permitir que te suceda algo así. En aquellos tiempos, sin embargo, las chican no se quedaban en la escuela si salían embarazadas. Dicen que Donna dio el bebé en adopción. Es posible que haya sido lo mejor —suspiró, unió las manos y las puso en su regazo—. Dejó un vacío muy grande en el club de teatro. Poco después el señor

Keene se marchó. En mi opinión, nada ha vuelto a ser igual.

La expresión "ahora caigo" toma, de pronto, un nuevo significado. Siento que caigo por un precipicio. Lucho por mantener la calma.

—¿Por qué se marchó el señor Keene? —trato de hablar bajito y lentamente, pero hablo alto y las palabras salen a borbotones.

La señora Mitchell ladea la cabeza y me dice:

—No debes entrar en esos detalles, ¿no crees?

— No   casi grito—. Yo soy su hija. La hija de Donna. Trato de encontrar a mi padre.

Los vivos ojos de la mujer-ratón se cierran por un momento. Se pone de pie al abrirlos. Se arregla la falda, me toma de la mano y me lleva al pasillo. Nos detenemos frente a una foto del elenco de *Annie Get Your Gun*. A un lado de la foto hay un hombre en un traje oscuro. Lo señala y dice:

—Michael Keene. No se separaban nunca. Él y Donna. Lo expulsaron poco después de que ella se fuera. Lo último que supe fue que trabajaba en un bar llamado *El Blanco*. Te pareces un poco a él en los ojos, querida. No era un mal hombre. Era muy inteligente y muy joven, y querido por todos —me toma las manos otra vez—. Buena suerte —me dice antes de desaparecer camino a la oficina.

Me quedo de pie mirando fijamente a Michael Keene por un rato. No es nada del otro mundo, pero la mujer-ratón tiene razón. Me parezco un poco a él en los ojos.

Capítulo seis

No es que jamás haya puesto un pie en un bar, sino que cuando lo hago generalmente llevo zapatos de tacón alto y una identificación falsa. Cuando llego a El Blanco al día siguiente, llevo vaqueros y una camiseta que dice: *La bailadora de hula-hula de mi carro le gana al Jesús que tienes colgado en el tuyo*. La única otra camiseta que tengo tiene un pensamiento de Emily Dickinson:

La eternidad está hecha de instantes que llamamos ahora. Me imagino que la chica del hula-hula se ajusta mejor al ambiente del bar. El Blanco es una taberna. Una taberna oscura, angosta y con mal olor. Lo mejor que tiene es el anuncio de neón de afuera: una flecha azul volando hacia el centro de un blanco de círculos blancos y rojos. Dentro sólo se ven algunas mesas y sillas viejas y una larga barra. A pesar de ser solamente las doce del día hay tipos recostados a la barra y otros descansando en las mesas. Absolutamente todos están fumando sin que les importe el cartel de no fumar. De camino a la barra, todos me miran y dos de ellos se ofrecen a comprarme un trago. Otro me pregunta si quiero irme con él a su casa para pasar un buen rato. Vaya una buena dosis de autoestima.

—Busco a Michael Keene —le digo al tipo que está detrás de la barra. Está parado de espaldas fregando unos vasos.

—Soy yo —dice volteándose y secándose las manos—, pero aquí no les servimos bebida a menores, no importan cuán lindas sean —sonríe y le devuelvo la sonrisa, como buena idiota que soy.

No puede ser Michael Keene. En ese caso fue profesor de *high school* a los cinco años. El chico no tenía más de veinticuatro años, y unos muy buenos veinticuatro años.

—¿Tú eres Michael Keene?

—Técnicamente, sí. Soy Michael Keene hijo. Me puedes llamar Mike.

Mike, hijo. Sin duda Donna era la fruta prohibida. Michael Keene padre era casado y con un hijo.

—¿Y tú quién eres?

—Sandy —traté de no tartamudear— Sandy Dickinson. Voy a Northwood y estoy haciendo una composición sobre el grupo de teatro. La señora Mitchell me sugirió que hablara con… tu padre.

—Ah, sí, la señora Mitchell. Mi padre me habló de ella. Él le decía la mujer-ratón. Fue ella quién lo despidió —arruga la frente y agrega—. Bueno, en realidad y para ser justos, él se lo buscó, dicen; pero ella no hizo nada para ayudarlo. Estoy seguro de que no te interesan esas cosas. Mi padre fue un instructor de teatro fenomenal. El mejor que nunca ha tenido Northwood.

—Me gustaría poder hablar con él. Quiero decir, saber lo que pasó de primera mano.

—No es posible —dice Mike.

—¿Por qué, está de viaje?

—Permanentemente. Murió el año pasado. Un accidente de tránsito. Estaba cruzando la calle y un borracho lo atropelló.

Me siento y trato de que no note el estado en que me encuentro.

—¿Me puedes dar una Pepsi? —le pido—. Sin hielo.

—Claro —me dice—. ¿Te da igual una Coca-Cola? —cuando le digo que sí con la cabeza, continúa—. Creo que puedo ayudarte. También puedes hablar con mi madre. A pesar de que lo echaron, mi padre adoraba hablar de Northwood, de todas las obras que dirigió y de que algunos de sus alumnos llegaron a trabajar en Broadway y en películas.

En realidad, no todos, pienso. Tomo un sorbito de mi Coca-Cola y lo observo limpiar el mostrador. El año pasado tomé lecciones de ética, y puedo ver a una milla de distancia un problema ético. Éste es, definitivamente, uno bien grande. El chico guapísimo detrás de la barra es mi medio hermano y no tiene la menor idea de quién soy. ¿Estoy moralmente obligada a decírselo? ¿Debo sacarle la mayor información posible sobre mi padre y luego desaparecer? Debo de haberme quedado callada por un buen rato, porque me da unos toquecitos en el brazo.

—¿Eso es todo? Dime, porque si no quieres hablar, yo tengo mucho que hacer.

—Perdón —le digo—. ¿Puedo ver una foto de tu padre? Eso me ayudaría mucho. Sólo he visto fotos de grupo.

—Míralo ahí —dice y me señala con el pulgar hacia una foto en blanco y negro que hay detrás del bar. Una toma profesional. Muestra la cara de un hombre sonriente de unos cuarenta años. Pelo oscuro, ojos oscuros, como los míos; los dientes superiores un poco salientes (gracias, papá) y una pequeña cicatriz en la frente. Mike hijo tiene la misma sonrisa, pero es rubio y tiene unos dientes perfectos.

—Actuó en varios grupos pequeños de teatro en el pueblo, dondequiera que hubiera un musical. Después de Northwood dejó de dirigir. Decía que era un problema, no sé exactamente a qué se refería. Mi madre es también maestra, pero de los más peque-ñitos. Ella piensa que un maestro en la familia es suficiente —se ríe y me pregunta:

—¿Ya les estás causando dolores de cabeza a tus padres?

—En realidad, no —no es más que la pura verdad. Nunca les he dado ni les daré a mis padres dolores de cabeza. Es técnica-mente imposible.

Mientras conversamos, Mike se ocupa de los asuntos de la barra. Me cuenta todo lo que sabe de su padre y yo actúo como una buena estudiante y tomo notas. Es obvio que la familia de Mike la pasó muy mal después de que el padre dejara Northwood, pero Mike no me da detalles y yo no creo que pueda preguntarle: "¿Qué sabes de Donna Bell y el bebé?". Lo que él sí sabe es que sus padres resolvieron el problema, cualquiera que haya sido. No deja de repetir lo maravilloso que era su padre y lo mucho que lo echa de menos. Le quiero preguntar qué tipo maravilloso se aprovecha de una de sus estudiantes y luego la abandona, pero no estoy segura de si es justo que lo haga. Según Donna, él pensó que ella se había hecho un aborto y hasta pagó por él. Me pregunto qué hizo Donna con el dinero. Sin duda no lo usó para comprar ropita para el bebé.

Después de tres Coca-Colas y una hora escuchando las historias de Mike, tengo que ir al baño urgentemente. Me arriesgo hasta el baño de las mujeres que, sorprendentemente, encuentro limpio. De la pared, en un marco, cuelga un simpático póster: *The Sound of Music*, con la actuación de Michael Keene como el capitán von Trapp. Debe de haberle despertado viejos recuerdos de los buenos tiempos en Northwood.

Cuando salgo, recojo mis cosas y le doy la mano a Mike. Prometo enviarle una copia de mi trabajo y salgo dando tumbos a un día soleado. De camino a la parada del autobús comienzo a llorar. Cuando el autobús pasa el puente del centro de la ciudad, sigo llorando. Lloro mientras me compro un *frappuccino* en Starbucks y lloro de regreso al YMCA. La gente se me aleja como si les fuera a contagiar la gripe. No tengo Kleenex y me limpio la nariz con la manga. Deseo que Tina esté aquí con su pañito. Cuando por fin llego a mi cuarto, es la única persona con la que quiero hablar. La llamo, pero todo lo que obtengo por respuesta es un mensaje. Le dejo otro pidiéndole que nos encontremos mañana. Me meto en la cama entre las sábanas y lloro hasta quedarme dormida.

Capítulo siete

Me encuentro con Tina a la tarde siguiente en un café de la calle Robson. El mesero, muy bien parecido por cierto, decora la crema de mi *latte* con un corazón. Me hubiera gustado ser un poco más coqueta, pero lo único que le digo es un desabrido "Qué bien, gracias", mientras se queda unos minutos junto a nuestra mesa.

Tina lleva la misma ropa que antes y se le notan ojeras. Evade mis preguntas sobre Tom, aunque admite que él siempre está de fiesta y que no hay nada de comer en la casa, sólo bebida.

—Creo que lo mejor es que busque un lugar para vivir lo antes posible —dice—, pero todo está muy caro. No sé qué hacer. Posiblemente tenga que ir a vivir a Surrey o compartir un lugar con alguien un poco más cerca.

Toma sorbitos de su café, que el mesero no decoró. Debí haber pedido un *latte* para ella. Necesita el corazón de crema tanto como yo, o más.

—Me pareció que estabas muy disgustada cuando me dejaste el mensaje. ¿Encontraste a tu papá? —me pregunta.

—Sí y no —digo y apuñalo el corazón del *latte* con el palito de revolver—. Está muerto, por lo tanto soy huérfana. Emily, la huerfanita, pero sin Daddy Warbucks.

—¿Cómo te enteraste de que está muerto?

—Su hijo me lo dijo. Su hermoso hijo, Mike Junior. Mi hermano. Mejor dicho, mi medio hermano.

—No te lo creo —dice Tina dando un golpe en la mesa con la taza y derramando el café —. Tienes un hermano. ¡Qué maravilla!

El mesero viene corriendo y limpia con un paño el café que comienza a correr por la mesa. Debió de estar observándonos, cosa que me molesta y a la vez me halaga. Le pone más café a la taza de Tina y me echa una sonrisa seductora antes de regresar al mostrador.

—Está flirteando contigo —dice Tina riéndose bajito—. Es muy lindo. Y tiene buen pompis.

—Menos mal que no estamos emparentados —digo—. Mike también flirteó conmigo. Fue algo extraño. Casi me pongo a coquetear con él. Pero entonces pensé en la repugnancia que sentiría al enterarse de que yo era su medio hermana.

—¿Entonces se lo vas a decir? —me pregunta Tina.

Con un gemido me llevo las manos a la cabeza.

—No lo sé. ¿Crees que debo hacerlo?

Tina se me acerca y me pone una mano en el brazo.

—No tienes que tomar esa decisión en este momento. Él no va a desaparecer ¿cierto? Cuéntame sobre tu papá.

Le digo entonces todo lo que me contó Mike. Que mi padre siempre cantaba en cualquier lugar; que no dejaba que sus clientes del bar manejaran borrachos; que siempre le cantaba "Una noche encantada" a su esposa en su cumpleaños. Mientras hablo con Tina me doy cuenta de que mi padre era una persona real y no un donante de esperma anónimo. Una persona verdadera que no supo que yo existía, de qué color era mi caca, que me perdí en el centro comercial o que gané el concurso de inglés en séptimo grado.

Cuando le cuento todo, estoy llorando de nuevo y Tina busca Kleenex en su cartera.

—Parece ser buena gente —dice, y eso alivia mis sollozos.

—¿Quién?

—Tu papá, digo, pero Mike también. Los dos parecen ser buenos hombres.

—Un buen hombre no se acuesta con sus estudiantes y engaña a su mujer —sentencio.

—Hasta los hombres buenos pueden cometer errores —dice Tina con calma—. Por lo menos ahora tienes más información. Puedes regresar a casa y pensar qué quieres hacer con ella.

—¿Irme a casa? —digo—. ¿Crees que debo regresar a casa?

—Pues sí —le sorprende mi reacción—. En algún momento tendrás que regresar a tu casa. Ya encontraste lo que venías a buscar. Encontraste a tu padre. También tienes que regresar a la escuela. Mientras más tiempo estés fuera, más difícil se te hará regresar. Y tienes que hacerlo. Necesitas hablar con Sandra y reunirte con tus amigos.

De pronto estoy furiosa con Tina. Ella apenas sabe quién soy. La conocí hace sólo unos días. ¿Por qué le estoy preguntando lo que tengo que hacer? Ella no tiene la menor idea de cómo es mi vida. Cuando me levanto para salir, Tina también se pone de pie y me dice bajito:

—Emily.

—¿Qué? —le ladro.

—Tu mamá te necesita.

—Yo no tengo madre —digo y me pongo el bolso en el hombro—. ¿Ya se te olvidó?

—Sí, las dos tenemos madre —me responde—. Lo único es que no son lo que queremos que sean.

—Esa es la pura verdad —digo y me dirijo a la puerta dando patadas en el suelo. En camino a la salida, el mesero me da un papel. Lo estrujo y lo tiro al suelo. Tina lo recoge y le dice algo al mesero, posible-mente para pedirle perdón por mi actitud. Salgo corriendo de la cafetería. Llego a mitad de la calle Robson en un segundo, sin respiración y sudando. He perdido de vista a Tina.

"Buena jugada, Emily", digo en alta voz. Me imagino que con tanta gente loca en la calle no importa otra lunática más hablando sola. A lo mejor me parezco más a Donna de lo que creo. Pronto oiré voces que me digan que tengo que robarme una chaqueta en la tienda Banana Republic, pero por el momento, todo lo que escucho son los ruidos de la ciudad… y mi celular que suena con las notas de la canción de James Brown, *I Feel Good*. Yo no me siento nada bien, especialmente cuando veo que quien me llama es la no-madre.

No estoy preparada para hablar con ella y no estoy segura de si alguna vez lo estaré. Pongo el teléfono de nuevo en mi bolso. Sigo derecho por todo Robson hasta Denman y luego tomo Denman hasta el mar. En el camino, me como un helado de mango y compro un panquecito de chocolate. Nadie trata de seducirme, me estoy comiendo algo delicioso y empiezo a arrepentirme de haber desechado el número del mesero. Si me quedo en Vancouver, necesitaré un amigo. Aunque sea solamente por una noche. Podría llevarlo conmigo a El Blanco. Podríamos salir a comer una hamburguesa en algún lugar y conversar un rato, como personas normales, con la particularidad de que en estos momentos nada es normal en mi vida.

Me siento en la hierba, frente al Hotel Sylvia, y saco de mi bolso la foto de Donna y Sandra. Con la foto en la mano, observo el lugar donde posaron. Me doy cuenta de que yo también estoy en ella, invisible, pero ya una fuerza presente en la vida de dos mujeres. Hasta ese momento, había llorado sólo por mí, por mi pérdida, por mi dolor, por mi ira. Mientras observo detenidamente a Sandra y a Donna, veo por primera vez la confusión en el rostro de Donna y la expresión de amor en el de Sandra. Veo la mano de Donna que acaricia su vientre, es a mí a quien acaricia, y el brazo de Sandra que le da apoyo a su hermana. Las preguntas revolotean en mi mente como avispas alrededor de una botella vacía de cerveza. Ni el hotel ni la fotografía van a responder a mis preguntas. Tomo la mantita rosada de mi bolso, la hago un lío a modo de almohada, me recuesto y me quedo dormida.

—¿Está muerta, mamá? —me despierta una voz.

Cuando abro los ojos, una niñita con un vestido rojo me mira de cerca.

—Amy, aléjate de ahí —dice la madre con urgencia, como si yo tuviera una enfermedad contagiosa o algo por el estilo.

Pienso que morir sería lo mejor. Recojo todas mis cosas y camino lentamente hacia el YMCA.

Capítulo ocho

A la mañana siguiente, tomo el autobús de regreso a casa. Creo que no me queda nada más que hacer en Vancouver y, de todas maneras, ya se me está acabando el dinero. La señora que está a mi lado abre una revista *People* en cuanto se sienta. De pronto extraño a Tina y su forma particular de indagar. Comienzo a preocuparme de todo el tiempo de escuela perdido. Ocho días de ausencia en el grado doce significa

mucho y la posibilidad de no poder graduarme me empieza a aterrorizar. ¿Otro año
más con la no-madre? De ninguna manera
voy a dejar que eso suceda. Tengo que
esforzarme como una bestia y salir de allí.
A lo mejor Tina y yo podemos vivir juntas
en Vancouver, o puedo dedicarme a viajar,
o tomar un curso de camarera y aprender
a hacer tragos con nombres estúpidos. Todo
lo que sé es que tengo que marcharme...
a algún lugar.

Cuando llego a casa, es la hora de la cena
y Sandra no está. Seguro salió a divertirse
con sus amigos. Lo extraño es que la casa
es un desastre total. Hay envases de comida
por todas partes, montones de ropa sucia por
todos lados y el piso de la cocina está sucio
y pegajoso. Sandra no soporta un piso así,
dice que se siente como una mosca en papel
atrapamoscas. Todo esto puede ser producto
de: 1) está enferma, 2) está muerta o 3)
se mudó y le alquiló la casa a alguien con
hábitos higiénicos cuestionables.

Me despego del piso de la cocina y corro escaleras arriba. Aún estoy enojada con ella, pero no le deseo la muerte. De veras, no. La limpieza de la casa va a ser un problema, aun sin un cadáver con las que vérmelas.

No está en el suelo de su cuarto en un charco de sangre, no se desmayó en su oficina, ni está dentro de la bañera electro-cutada con la tostadora, pero hay tazas de té frío por toda la casa: detrás de su computa-dora, sobre los libros de su mesa de noche, en la ventana, en la cómoda, sobre el archivo y en el tanque del inodoro. Hasta encuentro una dentro del botiquín junto a un pomo vacío de Ativan. Cuando la no-madre está estresada, bebe té, grandes cantidades de té. Solamente toma píldoras tranquilizantes cuando va a volar y nunca permite que le salgan moho a las tazas de té, bueno que yo sepa. Pero, en realidad hay demasiadas cosas que no sé de Sandra.

Recojo la mayor cantidad de tazas que puedo, bajo hasta la cocina y comienzo a limpiar. Había puesto el lavavajillas dos veces y la máquina de lavar una vez (con mi ropa sucia, que no soy una santa) y preparaba un balde con agua jabonosa cuando se abre la puerta de atrás y entra Sandra. No tiene el aspecto de alguien que estaba divirtiéndose. Parece que no se ha dado una ducha, peinado o lavado los dientes desde que me fui. Podría ganarse un sueldo adicional pidiendo limosna en el centro de la ciudad.

—Emily —dice—. Regresaste.

Habla lentamente y parece tener la vista perdida. Es posible que sean las medicinas o que esté muy cansada.

—Sí —digo—. Ya perdí bastantes clases. Necesito graduarme si quiero salir de aquí.

—Lo necesitas —dice y no sé si es una afirmación o una pregunta—. ¿Estás bien?

—Mejor que tú —le contesto. Coloco el balde de agua jabonosa en el piso de la cocina—. Este lugar parece una pocilga.

Se encoge de hombros y se quita el abrigo. Mientras atraviesa la cocina sus zapatos enfangados van dejando huellas en el suelo ya asqueroso.

—No me pareció importante. Quiero decir, la limpieza.

—Ya me doy cuenta. Se puede hacer penicilina con la porquería que encontré flotando en tus tazas de té.

Sonríe y por un segundo siento que todo es igual que antes: mi mamá y yo pasando un buen rato en la cocina. Con la diferencia de que la cocina está asquerosa y ella no es mi madre.

Cuando se agacha para quitarse los zapatos, noto que ya empieza a vérsele la raíz del pelo y necesita retocar el tinte. Siempre soy yo quien lo hago, pero nada más pensar en tocarle el pelo siento que voy a vomitar en el fregadero. Me concentro en limpiar el piso, cambiar el agua dos veces, restregar manchas de mermelada y algo que parece caca de gato, a pesar de que no hay gatos en casa.

Cuando termino, tomo mis cosas, regreso a mi habitación y cierro la puerta. La casa está en silencio. La no-madre no está hablando por teléfono, mirando televisión, escuchando la radio o haciendo ruido en la cocina con las ollas y los sartenes. Lo más probable es que al igual que yo, esté acostada en su cama con las cortinas corridas, mirando fijamente el techo y preguntándose qué va a hacer.

Después de un rato, escucho el timbre de la puerta y luego se enciende el televisor. Trato de llamar a Tina, pero su teléfono está desconectado. No estoy en condiciones para hablar con Vanessa o con Rory. Considero llamar a Mike hijo, ¿pero de qué puedo hablar? Tengo mucha hambre y como ya no escucho la televisión, bajo las escaleras. En la mesa de la cocina me encuentro una nota: *Pizza en el congelador. Tu preferida.* Saco la caja de Uncle Tony's Pizza Patio y llevo a la sala la de doble queso, jalapeño e higos. Cuando enciendo la luz, me encuentro a Sandra acostada en el sofá con una vieja manta sobre la cabeza. Cuando voy a retirarme escucho que dice:

—No te vayas, come. Yo voy a subir. Mañana hablamos.

Quiero decirle: "Ni lo sueñes. Hablaremos cuando me dé la gana, que lo más probable sea nunca".

—Disfruta la pizza —me dice al pasarme por al lado.

—Sí —le digo.

Mientras como, veo programas viejos de *Law and Order*. Deseo tener alguien con quien hablar, pero el teléfono de Tina sigue desconectado. Considero subir hasta la habitación de la no-madre, despertarla y decírselo todo. No se merece saber nada sobre Donna y Michael Keene y Mike hijo. No merece saber nada sobre Tina o sobre lo triste y sola que me siento o el miedo que tengo de volverme loca, como Donna. Sandra me mintió por diecisiete años; ahora va a saber qué es lo que se siente.

Capítulo nueve

A la mañana siguiente, regreso a la escuela. Todo el mundo piensa que he estado enferma y no los saco de su error. Mi cuerpo va a todas las clases. Escucho a los maestros hablar interminablemente sobre ecuaciones, sintaxis y calentamiento global. Mis manos toman notas, mis ojos ven lo que está en la pizarra, pero en realidad, no estoy allí. Para ser más exactos, no sé quién es la persona que vive dentro de mi cuerpo.

En camino a la clase de matemáticas, me detengo frente a la dirección y observo las fotografías que cuelgan de la pared. Son exactamente iguales a las de Northwood, con la diferencia de que Donna y Sandra no están, por supuesto. Yo aparezco en algunas del equipo de tenis del año pasado, en el grupo de los organizadores del álbum del año y en otras del coro de *jazz*. Este año, Rory y yo compartimos la capitanía del equipo de tenis, soy la editora del álbum del año y aún canto en el coro de *jazz*, a pesar de que nunca llegaré a ser tan buena como Vanessa. Observo al Sr. McPherson, el director del coro parado junto a mí en una de las fotos. La idea de acostarme con él me da repugnancia. Las fotos están llenas de polvo. Me acerco y hago un círculo alrededor de mi cara en la foto del equipo de tenis. Una vez, otra vez y otra vez más. Tres círculos concéntricos: uno por mí, otro por Donna y otro por Michael: Blanco. Lo repito en cada foto donde estoy antes de seguir camino a la clase de matemáticas.

A la hora del almuerzo voy al árbol de los fumadores. Es un castaño gigantesco que debe estar muriéndose lentamente a causa del veneno de los miles de cabos de cigarrillos que rodean su base. Una vez escribí un poema sobre un árbol que tose, destila savia negra y finalmente muere. Muy alegre. Ninguno de mis amigos fuma. Yo tampoco. El árbol de los fumadores es un buen lugar para esconderse.

—Oye —dice una chica que está agachada junto al árbol con las manos dentro de una enorme cartera—, ¿Tienes fuego?

—No, perdona —digo—. Yo, eh, no fumo.

Me mira como si yo estuviera loca. Luego se dirige a un chico que casualmente pasa por allí, con las manos en los bolsillos de su chaqueta.

—Eh, Jared. ¿Tienes fuego?

Un objeto pequeño y plateado hace un arco en el aire en dirección a la chica que levanta las manos y agarra un mechero.

Tiene unos reflejos increíbles, como una rana que atrapa una mosca en pleno vuelo. Enciende el cigarrillo y aspira el humo. El árbol se estremece.

—¿Eres Emily, cierto? —pregunta—. Tú estás en mi clase de francés.

La observo mejor y asiento.

—*Je m'appelle Christa* —dice—. *Voulez-vous une cigarette*?

—No, yo no fumo —repito.

—*Bien, que voulez-vouz*?

¿Qué quiero? Ésa es, sin duda, una pregunta interesante. Levanto los hombros y me recuesto al tronco del árbol. Jared enciende un cigarillo y él y Christa me miran en silencio mientras fuman. Cuando suena el timbre, cruzan una mirada, asienten y apagan los cigarrillos.

—Adiós —dice Jared mientras se alejan caminando.

—Okey —le contesto. Lamento que se vayan. No pienso regresar a casa hasta la hora de la cena y me hubiera gustado pasarla con ellos. Por lo menos no me están hostigando con preguntas, como Vanessa.

Estoy a punto de correr tras ellos cuando noto que al pobre árbol no sólo lo están envenenando, sino que también lo han arañado y acuchillado. Hay cientos de iniciales y palabras talladas en su tierna corteza, junto a corazones, calaveras, flores, rayos, arañas, pistolas, esvásticas y cuchillos. Hay hasta una vaca, que bien puede ser también un caballo. Saco una lima de uñas de mi bolso y busco un lugar vacío entre un corazón inclinado atravesado por un cuchillo y la palabra *mentira* o *montura*. Lenta y cuidadosamente tallo un círculo, dos círculos, tres círculos: Blanco. No es fácil hacerlo con una lima de uñas, pero lo logro. La lima ya no sirve para nada y he desfigurado a un ser vivo, pero me siento feliz por primera vez en muchos días. Bueno, puede que no feliz, pero posiblemente en control de mi vida.

Después de las clases, voy al centro comercial y me compro una navaja del ejército suizo. En la escuela, al día siguiente, tallo un blanco en mi mesa y le doy color con un plumón rojo. Al terminar,

me sangran los dedos y estoy toda pinta-
rrajeada de rojo, pero me hace sentir bien
repasar los tres círculos mientras escucho
a la Sra. Gates hablar sobre los exámenes
finales y la graduación. Le doy el mismo
tratamiento a cada mesa en la que me siento
y al final de la mañana, ya he hecho tres
blancos y necesito primeros auxilios. Me
encuentro con Jared y con Christa en el
árbol de los fumadores al mediodía y vamos
a comer hamburguesas y papas fritas al
McDonald's que queda cerca de la escuela.
En la bandeja, también dibujo un blanco,
pero no me da tanta satisfacción como si lo
hubiera tallado.

Cuando la semana llega a su fin, he
perfeccionado mi tallado, pero ya no tengo
más sitios de madera donde hacerlos y
me estoy impacientando. Tallarlos toma
bastante tiempo y no es posible hacerlos
en ladrillo, cemento, en las paredes o en
alguna otra superficie a gran escala. Decido
graduarme con pintura *spray*. El olor es
horroroso, pero se trabaja fácil y rápida-
mente. Debajo del fregadero de la cocina,

encuentro una lata de spray negro. Después de practicar en cajas de cartón, puedo pintar el blanco en menos de tres minutos sin chorrear la pintura. El sábado, tomo el autobús a un Wal-Mart lejano y compro seis latas de spray de un color que, a propósito, le llaman "rojo rabioso".

—Para un proyecto de arte —le digo a la cajera que me mira sin expresión alguna.

—Gracias por comprar en Wal-Mart —dice con desgano mientras me entrega el cambio. Si alguna vez me agarran, no creo que resulte un buen testigo.

Cuando llego a casa, Sandra está sentada a la mesa de la cocina tomándose una taza de té y leyendo un libro de cocina. Luce un poco mejor que la semana pasada, cosa que me importa un pepino.

—Richard y Chris vienen a cenar. Creo que voy a hacer halibut, ¿qué te parece? —dice mientras me muestra el libro de cocina.

Le dirijo una mirada mientras sigo caminando a mi habitación. Luce divino. Ella sabe que me encanta el halibut.

—Me da igual —le digo—. Y además, no voy a estar en casa.

—Oh, cariño —me dice—. Por favor, quédate. Richard y Chris quieren verte. Van a traer el postre.

Toma mucho más que mi pescado favorito y un pastel de mousse de chocolate para hacerme sentar a la mesa con la no-madre. La imagen de Sandra, Richard y Chris sonrientes durante mi último cumpleaños me viene de pronto a la mente. Se me llenan los ojos de lágrimas y las seco al momento.

—Tengo otros planes —digo—. Lo siento.

Suspira y dice:

—Te guardaremos un poco de pastel.

—No te molestes —le contesto—. Estoy a dieta.

Capítulo diez

Esa noche, pinto mi primer blanco. Luce muy bien en la pared trasera de una gasolinera al otro lado de la ciudad. Una imagen alegre, pero algo amenazadora. A la tarde siguiente voy a admirar mi obra, pero todo lo que queda es una sombra rosada, como sangre que se filtra a través de una venda. Un tipo con overoles salpicados de pintas, le pasa pintura blanca a mi trabajo.

—Malditos *punks* —dice cuando me detengo a mirar—. Esto va a necesitar tres capas. El color rojo es el peor.

Quiero decirle, número uno, que no soy una *punk* y número dos, que hay que ser estúpido para cubrir una obra de arte; pero no estoy tan loca. No está en mis planes que me arresten.

—Es un argumento poco convincente —digo y regreso a casa, donde me las arreglo para evitar a la no-madre, fingiendo tener unos cólicos terribles.

Salgo a la calle todas las noches, después de la cena. Le miento a Sandra sobre el lugar al que voy. Estoy segura de que sabe que miento, pero lo único que me dice es: "No vengas tarde, cariño". Es posible que sea un alivio para ella estar lejos de mí, como lo es para mí estar lejos de ella, pero quisiera que por lo menos fingiera que está interesada en saber qué hago. No es muy difícil mentirle a alguien a quien no le interesa lo que dices.

Después de la gasolinera, decoro el contenedor de basura junto a la tienda. El próximo lugar es una pared en un garaje bajo tierra. Cada vez lo hago mejor. Ya no me mancho la ropa y como uso guantes de cirujano, no tengo que preocuparme por las manos. Me encantan las paredes de ladrillo. La pintura no se chorrea y le da un raro efecto de tercera dimensión a los círculos. Mientras pinto, digo mi mantra: "Círculo uno, Emily; círculo dos, Donna; círculo tres, Michael". Sorprendentemente, tiene un efecto calmante. ¿Serán los gases que despide? Cualquiera que sea la razón, sólo con oír la bolita cuando muevo la lata, me hace sentir bien. Me encanta el silbido que hace la pintura al salir. Después de pintar, casi me siento feliz.

El viernes por la noche, el coro de *jazz* tiene ensayo en la escuela. Tengo intenciones de asistir, así que no tengo por qué mentirle a Sandra. Cantar es algo que, generalmente, me da bienestar y pienso que cualquier ayuda es bienvenida. Llevo la pintura y los guantes, porque sólo de saber que están en mi bolso, siento placer.

Mientras me acerco a la escuela voy perdiendo el interés por cantar y por estar cerca de gente que cree que seleccionar el vestido para la fiesta de graduación es una decisión importante en la vida. Cuando llego, lo único que me interesa es la pintura que va sonando en mi mochila. Por primera vez noto que las paredes de la escuela son de ladrillo. Un ladrillo precioso de color melocotón claro.

En lugar de dirigirme al gimnasio, me escurro hacia la parte trasera del edificio. Veo una pared limpia junto a los contenedores de basura. Tengo prisa y no me pongo los guantes. Pienso que puedo pintar un blanco pequeño y llegar a tiempo al ensayo, pero el dibujo crece y me pide compañía. Pinto otro, otro y otro. Ya casi no me queda pintura cuando un carro entra en el estacionamiento justo detrás de mí. Las luces me agarran, literalmente, con las manos en la masa.

—¡Oye! —grita una voz—. ¿Qué es lo que estás haciendo?

No tengo intención de contestarle así que tiro la lata de pintura en el contenedor de basura y echo a correr a través del campo de fútbol. Quienquiera que sea la persona del carro me grita: "¡Párate!".

Atravieso el parque y llego a mi casa en tiempo récord, sana y salva, y temblando. No pienso que el tipo haya podido verme bien, y además, sólo estaba pintando. Nada que no pueda arreglarse con una capa o dos de pintura color melocotón.

En medio de la noche, me despiertan golpes en la puerta. Puedo escuchar a Sandra hablando con alguien. Luego se abre la puerta de mi cuarto.

—Emily, vístete y baja —me dice.

—¿Qué hora es? —digo rezongando y trato de no vomitar.

—Las doce y cuarenta y cinco —dice—. Baja ahora mismo.

Me demoro vistiéndome. Cuando llego abajo, Sandra está tomando café en la mesa de la cocina con dos policías. El olor del café me vuelve a dar náuseas, o es la imagen de mi mochila en medio de la mesa.

—Siéntate —dice una mujer policía con un pelo rubio oxigenado y erizado. Me siento frente a Sandra.

—¿Es tuya esta mochila? —pregunta el policía hombre.

Digo que sí con la cabeza.

—¿Me quieres decir qué estabas haciendo anoche?

—Fui a los ensayos del coro de *jazz*.

—Creo que hiciste algo más, Emily —dice la mujer—. ¿Me puedes enseñar las manos?

Lentamente, llevo las manos de mis piernas al tapete azul sobre la mesa. Están cubiertas de puntos rojos hasta las muñecas.

—Señora, tiene que llevarla a la estación —le dice la mujer policía a Sandra, que asiente.

¿A la estación? ¿A la estación de policía? No lo puedo creer.

—¿Me van a arrestar? —chillo.

—Eso parece —dice el hombre mientras se dirige a la puerta—. Ya sabes: el que la hace, la paga.

Quiero escupirlo, pero me detiene la mirada de Sandra. No está enojada. Tiene la misma expresión en la cara que el día en que me caí de un manzano y me partí un brazo; que cuando me enfermé de gripe y vomité tres días seguidos y que cuando perdí la carrera de sacos en quinto grado, después de haber practicado varias semanas en el patio.

En camino a la estación me pregunta:

—¿Qué se te metió en la cabeza?

Como no sé la respuesta, me quedo callada. Me pregunto si me van a tomar las huellas dactilares y si me meterán a la cárcel. Lo único que quiero es que todo termine para poder irme a dormir a algún lugar, dondequiera. Me siento cansada y Sandra parece estar agotada.

Cuando llegamos, contesto la pura verdad a todas las preguntas, porque a esa altura, no tiene sentido mentir. Quisiera tomarme una Pepsi, pero todo lo que me traen es agua. Después de una hora, confieso el vandalismo contra la escuela (no me preguntan sobre otros lugares) y, claro, me toman las huellas dactilares. Firmo un acta y la mujer policía le dice a mi madre:

—Ya puede llevarla a casa, por el momento —sonríe y el hombre policía se ríe de algo que se dicen entre ellos. Sandra los mira con rabia—. Ya alguien se pondrá en contacto con ustedes. Emily es una buena candidata para el alternativo.

—¿Y qué es el alternativo? —le pregunto a Sandra en el carro en camino a casa, pensando que no suena como algo tan malo.

—No te ilusiones, Emily —dice Sandra después de respirar profundamente—. No te vas a escapar de ésta.

Eso es lo que ella se cree.

Capítulo once

El "alternativo" resulta ser un programa para jóvenes que cometen delitos por primera vez con el fin de no presentarlos a juicio. A mí me parece una buena idea, hasta el momento en que me dicen que el delincuente (es decir, yo) tiene que pedirle perdón a la víctima cara a cara, hacer trabajo comunitario y asistir a sesiones con un consejero. Creo que prefiero ir a la cárcel.

—Por lo menos recibiremos terapia gratis —dice Sandra y casi sonríe.

Como buena contadora, siempre está haciendo cálculos. Creo que dijo "recibiremos". ¿Las dos vamos a la terapia?

El trabajador social que me asignan se llama Jeff y tiene acento escocés.

—Emily, tu madre y yo hemos decidido que este caso requiere una disculpa en público.

Suena como un personaje de *Brigadoon*. Parece que tengo que presentarme ante la asamblea de la escuela y decirle a todo el mundo que estoy avergonzada de haber pintado los blancos en las paredes.

—Ella no es mi madre —le digo.

Jeff levanta una ceja y mira a Sandra. Ella levanta los hombros como diciendo: *¿Qué le dije?*

Pensar en pedir perdón en público es aterrador. Honestamente, prefiero la celda con el inodoro, a exponerme a la mirada de todo el mundo.

Jeff me ignora y continúa.

—Puedes hacerlo en cualquier momento durante las próximas dos semanas. Dime cuándo te parece bien y yo voy contigo. También tienes que limpiar tu… obra de arte y escoger el trabajo comunitario de esta lista —toma un papel de la mesa y me lo pone delante.

Cierro los ojos y dibujo con el dedo tres círculos en el aire: Emily, Donna, Michael. Luego lo coloco sobre el papel: Blanco. Abro los ojos y veo que cayó en *Limpieza, Programa Escolar Faircrest* junto a un nombre y un número. Le entrego el papel a Jeff.

—¿Faircrest? Es una buena elección.

No escucho a Sandra y a Jeff hablar sobre los detalles de mi servicio comunitario y de "nuestra" terapia. Los pensamientos me dan vuelta en la cabeza como calcetines en una secadora. Todo el mundo se va a reír de mí. No voy a tener amigos. Los niños de la escuela me van a odiar. No podré graduarme. Me van a echar de casa. Voy a ser una vagabunda. Voy a comenzar a beber y me voy a deprimir. En otras palabras, voy a convertirme en mi madre. En mi loca madre biológica. Los ojos se me llenan de lágrimas y comienzan a rodar por mis mejillas. Siento que alguien me pone una mano en el hombro y escucho la voz de Sandra.

—Vámonos, Emily. Esto es todo por hoy.

Me toma de la mano y me lleva fuera de la oficina de Jeff. Cuando llegamos al carro estoy doblada y lloro desconsoladamente. Los mocos me llegan a la boca abierta en una mueca de dolor. Sandra me abraza, me incorpora en el asiento, me acaricia el pelo y me canta al oído: "*You are my sunshine, my only sunshine*". Está tan loca como su hermana.

Llego a la conclusión de que debo salir lo antes posible del asunto de pedir perdón, porque es lo que más me preocupa. No puedo seguir así con un dolor constante en el estómago, a pesar de que el resultado es bueno: me hace adelgazar. El segundo miércoles del mes se celebra la asamblea en la escuela, así que le digo al director que necesito unos minutos para decir algo importante. No me pregunta qué es y deduzco que ya lo sabe. Es posible que toda la escuela lo sepa. En estos días, sólo me reúno con Jared y Christa, y mis viejos amigos se mantienen alejados. Será porque no les devuelvo las llamadas.

El miércoles antes de la asamblea vomito tres veces, o para ser exacta, tengo arcadas tres veces, porque no tengo nada en el estómago. Cuando la señora Appleton me pide que suba al escenario, puedo ver a Sandra y a Jeff en primera fila, junto a Richard y a Chris. Todos sonríen para darme ánimo, como si yo fuera a tocar el violín o a dar una conferencia sobre ayuda a los pobres. Un poco más atrás, una mano pequeña me saluda y veo a Christa y a Jared. Ellos jamás asisten a las asambleas, lo que me hace sentir honrada de una manera muy extraña.

Carraspeo para aclarar la garganta.

—Me llamo Emily Bell. Pinté blancos en la pared de atrás de la escuela y estoy arrepentida —no tengo pensado decir nada más, pero mis labios se empiezan a mover otra vez—. Voy a comenzar sesiones de terapia y voy a hacer trabajo comunitario además de pintar la pared. Sé que hay varios rumores rodando por ahí, así que aquí va la verdad: no me van a meter en la cárcel, no voy a dejar la escuela y lamento si he ofendido a alguien.

Miro a Sandra y me sonríe. De pronto todo el mundo empieza a aplaudir, a dar gritos y a dar golpes en el suelo con los pies. Parecería que acabo de anunciar cerveza gratis en el baile de la escuela.

Pintar sobre los blancos resulta tanto o más divertido que hacerlos la primera vez. Tuve que comprar la pintura y las brochas con mi propio dinero y descubrir que lo que dijo el tipo de la estación de gasolina es verdad: el rojo es el peor. La situación es como la historia de Tom Sawyer al revés: todo el mundo me quiere ayudar y tengo que decirles que no pueden. Entonces me acompañan mientras hago el trabajo y me traen Pepsi y Reese's Pieces. Vanessa carga mi iPod con nuevas canciones y Rory me presta sus audífonos. Jared me trae dulces de chocolate que horneó el mismo (¡quién lo diría!) y Christa me promete pagarme el arreglo de las manos y los pies cuando termine. Me toma tres capas y tres días terminar. Los blancos han desaparecido. La señora Appleton inspecciona mi trabajo y lo califica de excelente.

Esa noche, después de cenar, le digo a Sandra que voy subir a trabajar en un proyecto de la escuela. Ya en mi habitación, escribo tres cartas de disculpa: una a la compañía dueña del contenedor, otra a la estación de gasolina y otra a los administradores del estacionamiento. Dentro de cada sobre pongo suficiente dinero para cubrir los gastos de la pintura y para pagarle a alguien que haga el trabajo. No firmo ninguna de las cartas. No estoy loca. Aún no. Lo que sí estoy es, oficialmente, en la ruina.

El lunes visito al terapeuta, el doctor Byron Handel. Sandra va conmigo y quedamos en que yo iré una vez a la semana y Sandra se nos unirá una vez al mes, lo que es mucho mejor que tenerla allí todas las veces. En la primera visita, el doctor Handel no hace mucho. Sólo me pregunta si entiendo los términos del programa alternativo y si quiero, según sus palabras, darle una oportunidad a la terapia. Asiento y me sorprende darme cuenta de que así lo siento.

El martes, tomo el autobús después de clases hasta la escuela primaria Faircrest. Cuando entro, hay un cartel en la puerta: "Programa de cuidados después de clases". Una señora sale a recibirme y me pregunta si soy Emily Bell. Cuando la saludo, una niña pelirroja viene corriendo, se detiene frente a mí y me extiende la mano.

—Yo soy April —dice—. ¿Quién eres tú?

—Eso es lo que yo quisiera saber —le digo mientras tomo su manita pegajosa.

Capítulo doce

Voy al programa de cuidado de niños dos veces por semana. Preparo meriendas, lavo platos, limpio narices, limpio pisos y recojo los juguetes que los niños dejan por todos lados.

Mi ayudante en todas estas tareas es April Cummings, que se me ha pegado como una lapa. Una lapa parlanchina. La mayoría de los días, si termino todas mis obligaciones, la ayudo con las tareas de la escuela.

Si tenemos tiempo, antes de que mi madre me recoja, horneamos algo en la pequeña cocina del centro. April se sube a una silla a mi lado y me va dando los ingredientes mientras los va nombrando y cantando.

—Primero, derretimos el chocolate, chocolate, chocolate —canta cuando hacemos bizcochos—. Luego, agregamos azúcar, azúcar, azúcar.

Cuando terminamos de hacer los bizcochos, April está toda manchada de harina y chocolate y yo me muero de la risa. Sus canciones son tontas, pero sin razón aparente, me hacen feliz.

El primer día que horneamos juntas, April miró con recelo la mezcladora eléctrica y preguntó:

—¿Qué cosa es eso?

—Una mezcladora. ¿Ves? Para hacer la masa de las galletitas.

—Oh. En mi casa no tenemos una.

—Y entonces, ¿cómo hacen las galletitas? —le pregunto raspando los lados del recipiente.

—Las compramos. Unos paquetes amarillos grandísimos. Mi papá se come las que tienen más chocolate.

—Éstas van a ser mejores —le digo—, y tú puedes comerte las que tengan más chocolate.

April abre mucho sus ojos verdes y comienza a tararear y luego a cantar una canción sobre galletitas de chocolate. Tiene una gran influencia de Raffi, pero no está mal. Todos los músicos siguen la línea de algún otro.

Las sesiones de terapia no son tan divertidas como mi trabajo comunitario. El doctor Handel no me canta cancioncitas y tengo que hablarle sobre mí, cosa que detesto. Sin embargo, es un tipo paciente y muy inteligente. Sabe esperar, incluso los días en que me tumbo en el sofá (sí, hay un sofá) y le digo que no tengo nada que decir. Me hace un par de preguntas inofensivas y de pronto no puedo parar de hablar. Al rato señala un reloj de pared del gato Fritz y me dice que ya es hora de marcharme.

No estoy segura de lo que sucede durante la terapia. Creo que nadie, incluyendo a los terapeutas, sabe a ciencia cierta lo que pasa; pero ya no me siento confundida, furiosa y herida como al principio, cuando me enteré de lo de Donna. Aún estoy enojada con Sandra por mentirme, pero estoy empezando a entender que no tuvo otra opción. Por supuesto, no se lo he dicho. No he evolucionado tanto.

En noviembre, mi vida ya ha tomado un buen ritmo. Dos tardes a la semana en el programa de cuidado de niños y una sesión a la semana con el doctor Handel. Mientras tenga pocas interrupciones en mi rutina, me siento bien. No fabulosamente, pero bien. Soy como un bebé que progresa con comidas a sus horas, siestas estrictas y caras conocidas. Voy al coro de *jazz*, estudio y he empezado a comerme lo que Sandra prepara. El otro día fuimos a comer al restaurante *Duck Soup* con Richard y Chris. Llamo a Tina todos los fines de semana y le cuento cómo me ha ido esa semana. Ella me habla de la escuela de enfermería y de sus locas compañeras de cuarto. La invité para las Navidades sin consultar a Sandra, pero sé que no va a haber problemas.

Un buen día de noviembre, mientras preparamos galletitas de jengibre, April me pregunta:

—¿Dónde está tu papá?

Pestañeo y le digo la pura verdad.

—Muerto.

April deja de revolver por un momento y me dice:

—Ojalá el mío estuviera muerto también.

—¿Cómo? —me toma por sorpresa.

Es una niñita de solamente siete años. La miro fijamente, pero luce igual que siempre: pelo rojo, ojos verdes, una pequeña cicatriz en la mejilla, arañazos en las rodillas, uñas sucias.

—¿Por qué? —le pregunto tartamudeando.

Ya había comenzado a cantar una larga canción sobre las galletitas de jengibre, con dieciocho versos. La próxima vez que menciona a su padre, a la semana siguiente, es para decirme que se comió todas las galletitas que llevó a casa la semana anterior. ¿Querrá verlo muerto porque siempre se come todas las cosas ricas?

Una tarde, mientras jugamos Serpientes y Escaleras le noto una quemadura en la muñeca. Cuando se da cuenta de que la miro, se baja la manga, tira el tablero y llorando esconde la cara entre los cojines. Le levanto la manga y encuentro otras tres quemaduras en el brazo. Son quemaduras de cigarrillos.

Vuelvo a bajarle la manga y acariciándole la pierna le canto la misma canción que mi mamá me cantaba a mí. Al poco rato para de llorar y sacando la cabeza de debajo del cojín me pregunta:

—¿Puedo comer pastel?

Después de aquel día, siempre reviso si tiene quemaduras o morados. Sin que se dé cuenta, por supuesto. La mayoría de las veces, los tiene. Si le pregunto qué le pasó, me dice que se cayó jugando con su hermano menor, Matthew, o que él le dio una patada o que le sucedió mientras ayudaba a su mamá a preparar tostadas. Cuando su mamá la viene a buscar (es siempre la última en llegar) ni siquiera apaga el carro. Toca la bocina y la espera dentro, fumando y escuchando a Aerosmith. Sienta a April en el asiento de delante y sin cinturón de seguridad. Mi madre no me permitió sentarme delante hasta que tuve diez años, y todavía no pone el carro en marcha hasta que yo no tenga puesto el cinturón.

Después de un tiempo, no puedo aguantar más la situación. Sufro pesadillas de que April ya no va más al programa porque está en el hospital, o peor, en la morgue. Ya había visto demasiados moretones en su pálida piel y me convencí de que corría peligro en manos de las mismas personas que debían protegerla. Era algo horrible. Tenía que decírselo a alguien o iba a enfurecer. Había visto muchos programas de televisión sobre el tema y sabía que necesitaba pruebas. Todo lo que yo tenía eran sospechas y no sabía por dónde empezar. Comencé por el doctor Handel.

—¿Estás segura de que son quemaduras de cigarrillos? —preguntó—. ¿Estás segura? Deja su libreta de notas en la mesa y se me acerca. Yo estoy sentada en el borde del sofá en lugar de acostada. Es ese momento, los problemas de April parecen mayores que los míos.

—Sí —respondo, y me levanto la manga para mostrarle una quemadura en mi brazo—. Usé un cigarrillo que dejó Jared y me la hice yo misma, sólo para asegurarme. No se imagina lo que me dolió.

Los ojos se me llenan de lágrimas y la sensación de ira es asfixiante.

—¿Cómo puede alguien hacerle eso a una niña? Tiene siete añitos. Canta canciones mientras horneamos, hace trampa cuando jugamos a Serpientes y Escaleras y siempre me hace reír. No merecen tenerla. Estaría mejor conmigo.

El doctor Handel hace un gesto de aprobación.

—Eso es posible, Emily, pero tienes solamente diecisiete años —hace una pausa—. ¿Se lo has dicho a alguien? ¿A tu mamá o a alguien en la escuela?

Estoy a punto de decirle lo de siempre, que ella no es mi madre, pero esta vez simplemente le respondo:

—No.

Capítulo trece

Estoy parada en la puerta de la oficina de Sandra.

—Necesito tu ayuda —digo.

Sandra levanta la vista de su trabajo, se baja los lentes y me señala la silla para los clientes.

—Okey —me dice—. Habla.

Respiro profundamente.

—Se trata de April —comienzo a decir—. Pienso… es decir… necesita…

Sandra se incorpora y se inclina hacia delante.

—Sigue —dice dulcemente. Y continúo.

—Alguien le está haciendo daño, alguien en su casa. El doctor Handel dice que tengo que reportarlo, pero yo... —se me llenan los ojos de lágrimas. Sandra se levanta, se agacha a mi lado y me abraza mientras rompo en llanto.

—El doctor Handel dice que puedo hablar con la policía o puedo llamar a la línea de ayuda a los niños. Dice que los trabajadores sociales hablarán conmigo y con April, que la examinarán médicos y que probablemente la alejen de sus padres. Tengo miedo. ¿Y si la mandan a una casa de acogida donde la maltratan? Eso le pasó a Tina. ¿Y si su papá la persigue? ¿Y si me persigue a mí?

A Sandra se le endurecen las facciones y se levanta. Tiene la misma cara que el día que agarró a Billy Conklin quemándole el rabo a un gato con un mechero. Parece una madre osa protegiendo a su osezno.

—¿Qué necesitas que yo haga? —me pregunta.

Lo tengo todo en la mente, pero siento la lengua dormida y los labios pegados. No puedo decir palabra.

—Emily, cariño. ¿Crees que sería de ayuda que April viniera con nosotras por un tiempo?

Sigo sin poder hablar, pero ahora por una razón diferente: ¿cómo supo lo que yo le iba a decir? ¿Por qué es tan generosa conmigo después de todo lo que le he hecho pasar?

Muevo la cabeza de arriba abajo.

—El doctor Handel dice que si hablas con los trabajadores sociales y ellos ven qué clase de... —hago una pausa— qué clase de madre eres, es posible que podamos traerla con nosotras en lugar de enviarla con personas extrañas.

—Está bien —dice resuelta—. Vamos a hacer la primera llamada y veremos lo que viene después.

Se sienta a mi lado mientras llamo a la línea de ayuda a los niños. La señora con la que hablo es amable y paciente, y me hace sentir bien por tomar la decisión de llamar. Me dice lo que nos va a suceder a April y a mí. Luego habla con Sandra, que toma muchas notas. Cuando Sandra cuelga, me lleva hasta la cocina. Me sienta mientras prepara una caja de macarrones con queso. Sirve un bol para cada una de la mezcla viscosa, anaranjada y brillante.

—Divino —dice tomando la primera cucharada.

Yo le pongo ketchup al mío y digo igual que siempre.

—Atardecer en un bol.

Sandra se ríe, igual que siempre.

Los próximos días pasan volando entre entrevistas y reuniones, más entrevistas y más reuniones. Sandra me lleva en auto a todas las citas y me espera, muchas veces hasta dos horas. Lleva su *laptop*, se sienta en los pasillos y toma mucho té. A ella también le hacen interrogatorios, para saber si puede hacer de madre de acogida de April.

La espera es larga y algunos días siento ganas de gritar. ¿Cuánto tiempo toma y con cuántas personas tenemos que hablar?

Una mañana, después de más o menos una semana de haber hecho la primera llamada, una trabajadora social trae a April a nuestra casa. El padre ha sido acusado de agresión, y su madre ha sido enviada a un centro de rehabilitación de alcohólicos. April se quedará con nosotros indefinidamente. Mi mamá no recibirá ningún dinero, por el momento, pero ella dice que no importa, que la felicidad de April es más importante.

No espero que April esté precisamente feliz. Durante los primeros días prácticamente no me habla. Llora todo el tiempo y quiere estar con su mamá. Trato de sacarle una sonrisa cantándole canciones de macarrones y dulces de dátiles, pero no le hacen ninguna gracia. La trabajadora social nos advirtió sobre lo difícil que sería la transición y pongo en práctica la regla número uno de los padres, según Sandra: paciencia.

Poco a poco, April comienza a hablar sobre lo que sucedió después de mi llamada. Dice que los médicos la examinaron y le hicieron muchas pruebas, que los trabajadores sociales le hicieron mil preguntas y que la policía se llevó a su papá. Nunca habla de lo que le hicieron sus padres. No le hago preguntas, ni le pido detalles. La pobrecita está en estado de *shock* y extraña su casa, a su hermanito y a sus padres. La lealtad hacia las personas que la han maltratado me desconcierta. Trato de acompañarla a todas las citas y si yo no puedo ir, Sandra va con ella. Tiene que visitar diferentes terapeutas y otros trabajadores sociales, en fin, muchísima gente. Más adelante vendrán días en tribunales y visitas supervisadas de su mamá, una vez que salga de la rehabilitación.

Por el momento, hacemos las cosas normales de un día cualquiera. La llevo a la escuela y la recojo. Hacemos la tarea juntas y Sandra prepara la cena. Jugamos juegos y vemos la tele, y nos pintamos las uñas de los pies de distintos colores. A la hora de ir a la cama, le leo mis libros preferidos: *Buenas noches, luna; Babar; Madeleine.* Una vez a la semana la llevo a visitar a Matthew, su hermanito, en la casa de acogida. April es una hermana mayor excelente, amorosa y atenta, de la misma forma que yo soy con ella. Me impresiona que una niña de siete años entienda de estas cosas y me pregunto si Matthew puede darse cuenta de lo dichoso que es de tener una hermana así. April se queda muy triste después de cada visita.

Una vez que April se ha dormido, paso un rato con Sandra tomando té, antes de estudiar un poco o visitar a mis amigas. La mayoría de las veces hablamos de cosas cotidianas: qué tal le va a April, qué examenes me preocupan o si sería bueno tener un gato. A veces hablamos de lo que sucedió. Generalmente, hago lo que me sugirió el doctor Handel. Pienso en todo lo que ha sucedido y analizo el hecho de que mis padres están muertos. Si bien Sandra es biológicamente mi tía, en realidad, es mi madre. Ya no estoy furiosa y he vuelto a considerar a Donna como mi tía. ¿Sobre Michael Keene padre? Bueno, en realidad él no fue otra cosa que un donante de semen.

Tina vendrá en Navidad y luego iremos a Vancouver en el carro y nos hospedaremos en el hotel Sylvia por unos días.

Llevaremos a April al parque Stanley y al Planetarium, de compras a Robson y a comer helado en Denman. Tina y yo nos iremos al café de la calle Robson y podré coquetear con el mesero. Estoy segura de que en algún momento iré a ver a Mike hijo y le diré quién soy. Me da miedo, más que nada, porque no quiero arruinar su vida, pero creo que se merece saber que tiene una hermana, aunque sea medio loca. Voy a contarle lo del blanco. Quiero que conozca a Tina, a April y también a Sandra, pero eso tendrá que esperar. Mientras tanto, tengo suficientes cosas que me mantienen ocupada y feliz. Eso es lo más sorprendente. La felicidad.

Una noche, después del ritual de poner a April a dormir (tres cuentos, un abrazo, un beso, una rima y luces apagadas) siento un susurro cuando voy saliendo de la habitación.

—Emily, ¿ahora eres mi hermana?

No lo pienso ni por un segundo y digo:

—Así parece, ¿no? —sonrío en la oscuridad.

—¿Aunque regrese a vivir con mi mamá? —le tiembla la voz.

Enciendo otra vez la luz, me siento a un lado de la cama y miro su carita de preocupación.

—Escucha bien —le digo mientras le quito el pelo de la cara—. En cualquier lugar que estés o hagas lo que hagas, siempre seremos hermanas. ¿Trato hecho?

—Trato hecho —dice, se lleva el pulgar a la boca y cierra los ojos.

—Trato hecho —repito mientras apago otra vez la luz y salgo de la habitación.

Reconocimientos

Mis más sinceras gracias a Mark Sieben del Ministerio de la Columbia Británica para el desarrollo de los niños y las familias, quien pacientemente contestó a mis preguntas sobre el sistema de ayuda a los ninos en la Columbia Británica; y a Dave Johnson de la Sociedad John Howard de la Columbia Británica, quien proporcionó valiosa información sobre el reto que representa el trabajo con jóvenes dentro del sistema judicial. Gracias también a Andrew McWhinnie que me condujo en la dirección correcta, a través de su pasión por la justicia restaurativa. Cualquier error es de mi entera responsabilidad y no de estos hombres inteligentes y generosos.

También le doy las gracias a Orca y, especialmente, a Andrew Wooldridge, contrincante formidable al ping-pong y experto "trampero de roedores".

Títulos en la serie

orca soundings en español